copyright © Patrick Coulomb 2020 – nouvelle édition
pour The Melmac Cat - *themelmaccat@gmx.com*
Tous droits réservés. Ce livre, ni aucun extrait, ne peut être reproduit ou utilisé sans une autorisation écrite du propriétaire des droits (auteur ou éditeur), exception faite de brefs extraits pouvant être reproduits dans des articles de presse, des conférences ou des livres scolaires.

© 2020, Patrick Coulomb

Edition : Books on Demand,
12/14 rond-Point des Champs-Elysées, 75008 Paris
Impression : BoD - Books on Demand, Norderstedt, Allemagne
ISBN : 9782322208173
Dépôt légal : mars 2020

Le chemin le plus court n'est pas la ligne droite

Patrick Coulomb

THE MELMAC CAT
> *Esprit Noir*

« *Les récits populaires donnent la mesure de l'inconscient collectif.* »
Boum Loc, moine laotien.

« *Faites gaffe ! J'ai mis la main sur mon flingue.* »
Renaud, *Où c'est qu'jai mis mon flingue?*, 1980.

« *Notre maison brûle et nous regardons ailleurs. La nature, mutilée, surexploitée, ne parvient plus à se reconstituer et nous refusons de l'admettre. L'humanité souffre. Elle souffre de mal-développement, au Nord comme au Sud, et nous sommes indifférents. La terre et l'humanité sont en péril et nous en sommes tous responsables. Il est temps, je crois, d'ouvrir les yeux.* »
Jacques Chirac, discours d'ouverture du Sommet de la Terre, Johannesburg, 2002.

Mise en garde

Cette histoire est purement fictive. Toute ressemblance avec des personnages, des théories ou des événements existant ou ayant existé ne saurait être que le fruit de coïncidences trompeuses, de hasards malveillants, ou de votre imagination débordante.

Toutefois, cette histoire a été écrite avant que ne débarque parmi nous au début de l'année 2020 un certain « Covid-19 ». Plus exactement, elle était en cours d'écriture à ce moment-là, et il n'est pas impossible que cette intrusion mortelle ait changé le sens et le cours du récit.

Note d'intention

Au départ, c'est l'histoire d'un vieux.

Oui, je sais, dit comme ça, ça vous fait pas vraiment bander. Je comprends.

Au commencement, c'est l'histoire d'un vieux con...

Ah, déjà y'a du mieux. Un vieux con. Ça fout un peu les chocottes un vieux con. On sait pas ce que ça peut faire. Un con ça peut tout faire, tout oser. Alors vieux en prime...

En fait, ça avait commencé au début des années 80. Reagan, Thatcher, toute cette clique. Non, en fait, ça avait commencé bien avant, ça avait toujours été là, mais on voulait pas vraiment le voir. Qui a envie de se dire qu'il est en train de se faire enculer ? Enfin, socialement je veux dire, parce que sinon, c'est votre choix bien sûr.

Là, pourtant, tout le monde en a convenu. C'était comme un tournant, la fin d'une époque, le réveil, la mue. Le capitalisme muait. Sous nos yeux. Le pognon, qui avait toujours été le roi, mais plus discrètement, comme s'il n'avait été jusque-là que le régent, se calait la couronne (*corona*) sur la tête et s'installait dans son fauteuil. Triomphant, et en prime goguenard.

Wall Street et ses jeunes loups. L'argent facile, très facile. Les bulles financières. Et après ça les crises financières.

C'est bien là que ça a commencé pour moi. Du temps de l'argent très facile. Trop facile. Pas pour moi, bien sûr. Pas pour « nous », qui nous faisions avoir, nous les salariés, nous les chômeurs, nous les petits, nous les rien-du-tout. J'étais pas encore vieux, non, peut-être même pas encore con. C'est la première fois où j'ai eu envie de mettre des bombes. De tout faire péter. La bourse, surtout. La bourse bien sûr. Le costume arrogant du pognon victorieux.

Evidemment, je l'ai jamais fait.

Mais cette connerie violente et rageuse, cette envie de régler le problème d'un seul coup de machette, j'ai dû la transmettre à mon fils, faut croire. Je vais vous raconter ça. Ou plutôt, je le laisse vous raconter et je reviendrai à la fin.

PREMIERE PARTIE : AVANT

1.

Je m'appelle Archambault. Kevin Archambault. Et non pas Bond, James Bond, peut-être que si je m'étais appelé Bond-James-Bond, j'aurais pas fait ce que j'ai fait. Ou alors en mieux, plus chic, plus élégant, plus raffiné. Ce que j'ai fait, je le dois à mon père, ce vieux con d'anarchiste à la mords-moi-le-nœud, pas fichu d'aller à une manif, mais bourré d'envie d'en découdre. Tout en profitant des avantages matériels de notre belle société occidentale capitaliste. Il m'a bourré le mou toute mon enfance avec l'injustice sociale, les écarts de revenus indignes, « la détérioration des termes de l'échange ». Ah, celle-là, il me la copiera, « la détérioration des termes de l'échange ». Traduit en français normal, ça veut dire, tout simplement, qu'après les décolonisations, les pays du bloc occidental ont profité plus que jamais à vil prix et sans anesthésie des matières premières des pays du tiers-monde. Ce qui, on s'en doute, est une des raisons majeures de nombreux conflits, de centaines de milliers de morts, de la pauvreté endémique des pays « du Sud ». Etc. Vous allez dire, on connaît tout ça. Les « révolutions bolivariennes » en Amérique du Sud, Patrice Lumumba, Thomas Sankara, Nelson Mandela, Tien An Men, le « Printemps arabe », et même les « Gilets Jaunes », c'est l'expression par le peuple d'une oppression bien ressentie, même si elle n'est pas tout le temps formulée clairement.

Donc j'aurais pu manifester *tranquillos* avec les gauchistes ou les Gilets Jaunes, ou, au pire, dans notre France cocoonée au syndicalisme des Trente glorieuses, me la jouer « Black Block », lancer quelques pavés ou quelques cocktails Molotov, comme en Mai-68, puis retourner au boulot si possible avant de me faire gauler par les flics.

Oui, voilà, ça aurait été bien, ça. J'aurais même pu passer à la télé, sur BeuFeuMeuTV ils adorent ça, recevoir des opposants bien vindicatifs et les faire causer, un peu fort mais pas trop, c'est bon pour l'audience. « *Ouais Coco, tu lui dis ce que tu veux au ministre, tant que tu restes assis à ta place, on est bon, même si tu hurles un peu c'est bon, mais fais gaffe quand même, sinon c'est toi qui va passer pour un con. Tu sais les gens y-zaiment bien quand même quand tout ça reste poli, tu vois, borderline mais chacun à sa place* ».

Voilà, oui. J'aurais pu. Manier le micro et le paradoxe. Faire de l'esbrouffe et de la com', choper ma minute de gloire télévisuelle. Mais le paternel m'avait tellement parlé d'une autre époque, celle de sa jeunesse à lui, celle où « *les révolutionnaires, ben, y-zavaient des couilles tu vois* »... Qui ça ? Quels révolutionnaires ? La bande à Baader, Action Directe, les Brigade Rosse. Septembre Noir même. Les années 1970, celles où il avait grandi, celles où il avait peut-être fait deux-trois conneries, et encore ça m'étonnerait, mais dont il était revenu avec des idées bien arrêtées sur la Révolution : c'est pas l'affaire du « peuple », c'est l'affaire de ceux qui savent où frapper, et comment frapper. A la tête, là où ça fait mal, au portefeuille, directement aux points névralgiques.

2.

C'est quoi le point névralgique aujourd'hui ? Où est-ce qu'un type tout seul peut mener une action assez forte pour que ça fasse vaciller tout leur truc, tout leur système, pour que ça leur ouvre les yeux et, éventuellement, le porte-monnaie. Pour qu'ils se mettent à un peu moins penser à leur gueule et un peu plus au fait qu'on est tous sur le même bateau, un espèce de bateau ivre qui file dans le cosmos à plusieurs centaines de kms/seconde, comme toute notre galaxie, notre pauvre bateau Terre qui en plus tourne sur lui-même et tourne autour du soleil. De quoi choper la gerbe, non ? Pourtant on est là, solides comme des asticots dans un fromage pourri. Même les grandes épidémies ou le terrorisme de grande envergure, ça leur fait pas bouger les sourcils. Ou alors à peine. Un mouvement invisible, intérieur. Pourtant c'est sûr que ça nous dépasse, c'est plus grand que nous. Et je vous parle pas de dieu, là, ni de celui des uns ni de celui des autres, ce qui est d'ailleurs la meilleure preuve qu'il n'y en a aucun, zéro, *no god, nada*, le ciel est vide, parce que s'il y en avait un, il n'y en aurait pas dix mille…

Au commencement, je voulais appeler ce truc, mon histoire, « Linéaire », parce que c'était l'histoire d'un mec, moi, qui voulait foncer dans le tas, sans se poser de questions. Mais j'ai changé d'avis, radicalement en fait. Mais je vais quand même éviter de trop me disperser. Je vous raconte. Je vous raconte, pas de dérive, pas de chemins de traverse. Ou un minimum. *Linéaire*, si les événements veulent bien le rester, ce qui n'arrive jamais, bien sûr.

Oublions donc l'univers, pensons à nous. Qu'est-ce qu'on peut faire pour nous. Pour que les pauvres soient moins pauvres, pour que les connards leur marchent pas sur la tronche, pour que la planète soit comme dans un rêve de Miss Monde : en paix, en forme, avec des gens heureux tout-partout, qui n'auraient pas de problèmes de fins de mois, et que les méchants, ben, y'en ait pas. Là je garantis rien, contre les riches, y'a moyen, peut-être, mais contre les méchants… Et je vous assure, c'est pas forcément les mêmes. Mais je vous apprend rien.

Linéaire, j'avais dit, verbe-sujet-complément.

Je / cherche / un moyen. De niquer le système pour le bien de tous.

Alors j'ai fait des recherches. J'ai commencé par le petit bout de la lorgnette : les manifs, les « Gilets Jaunes », les syndicats, la politique aussi, les bulletins de vote, la démocratie. Tout ça c'est pas mal. Peut-être même que ça pourrait fonctionner. Mais il faudrait que tout le monde joue le jeu. Que quand on te dit noir, ce soit noir, et que si c'est noir, toi-même tu dises pas « ah non c'est blanc »; parce que ça arrive aussi, que ceux qui gouvernent soient honnêtes mais que ceux qui ne gouvernent pas ne jouent pas le jeu. Parce qu'ils voudraient gouverner. Ou parce qu'ils ont tellement l'habitude de dire « c'est tous des enculés » que quand il y en a un qui l'est pas, ou qui l'est moins, ça revient au même, « tous pourris, tous des enculés ». D'ac, si vous voulez. Moralité, y'a rien à tirer de ce petit jeu là. Démocratico-contestataire. Le bien de l'Humanité, va falloir s'en occuper que les humains le veuillent ou non, mais faudra pas que je compte sur eux pour me donner un coup de main.

    J'ai continué mes recherches en me penchant sur le cas des terroristes. Les islamistes et les autres, tous les poseurs de bombes qui massacrent à tour de bras sans se soucier de qui crève dans leurs attentats. S'ils sont tellement énervés, ils doivent bien avoir des raisons pour l'être, et eux aussi ont dû mûrir leur réflexion pour décider de leurs moyens d'action. Et s'ils ont décidé que le mieux c'était de mettre des bombes, il faut aussi se dire qu'ils ont leurs raisons. C'est pas mal les bombes, ça fait du bruit, du bruit dans les médias aussi, ça fait peur, ça paralyse, ça bloque, ça pourrait bien faire vaciller le système, comme je disais plus haut. Mais le problème, ce qui me convient pas chez eux, c'est qu'ils choisissent des ennemis qui ne sont pas les bons. Pour eux l'ennemi, c'est tous ceux qui ne sont pas comme eux, tous ceux qui ne sont pas nés sur le même territoire, dans la même culture, ou qui ne croient pas en leur dieu-à-eux. Ils ne cherchent pas le bien du plus grand nombre, mais juste le leur, ils n'aspirent en réalité qu'à la mise en place d'une autre oligarchie, la leur, qui plus est pas incompatible avec celle de la finance. Mais leur action les entraîne à dézinguer des innocents, des mecs et des nanas y compris de leur propre religion, de leur propre patrie, morale ou territoriale. Or, logiquement, ils devraient pas y toucher à ceux-là. Mais ils les tuent aussi, à l'aveugle, et ils ont beau être sacrément efficace, ça fait pas avancer le Schmilblick. Je veux dire, le Schmilblick que je me suis donné, mon Graal, mon idéal, je vous le répète pour que ça rentre (linéaire *et* bourrin) : je veux niquer le système sans faire de casse. Je veux faire une omelette sans casser les œufs. Je vous accorde que c'est un peu présomptueux. Mais ça c'est déjà vu. Tiens, puisqu'on était au rayon « créatures divines », on a l'exemple des prophètes, Jesus, Mahomet, Bouddha, des gens qui ont changé les choses tout seuls, qui ont livré un enseignement qui était fait pour nous aider à vivre en paix et en harmonie. Bon, en fait, si je poursuis ma réflexion, leur truc a pas tenu longtemps, à terme les prophètes ont amené autant de malheurs (guerres, dictatures et tout ce genre de choses) que n'importe quel leader humain-trop-humain. C'est pas le bon rayon non plus.

Alors quoi ?

Je me suis dit que, là où en était ma réflexion, j'étais en phase avec les écolos et surtout leur version « développement durable ». Là, y'a du solide au niveau logique : la planète crève parce qu'on l'exploite trop, donc exploitons-là moins. CQFD. Très joli en théorie, mais ça ne tient pas vraiment compte des progrès technologiques, d'une part, et d'autre part de la démographie, la vraie cause du drame : nous sommes trop nombreux, malgré les maladies, malgré les guerres, malgré les attentats. Si on suit leur logique, aux écolos, que leurs gesticulations cachent, y compris à eux-même je suppose, le plus simple serait d'éradiquer la moitié de la population du globe, et on pourrait repartir sur des bases saines. Mais moi je veux pas faire mourir des milliards de gens. Je ne suis ni Hitler ni Gengis Khan ni la grippe espagnole. Enfin, eux non plus bien sûr, mais leur modèle d'action les ramène à la case syndicats/gilets jaunes. De l'écume.

Mais si je ne trouvais aucun intérêt à agir avec les syndicalistes, les terroristes, islamistes ou politiques, les gilets jaunes ou les écologistes, il me restait quoi ?

J'ai repensé à mon paternel et à ses anarchistes virulents. Capables de zigouiller froidement un président du Conseil ou un baron de la finance. C'était pas mal, c'est pas faux. Avec un petit côté classieux, l'efficacité et l'élégance au service de la Cause. Mais le résultat, une quarantaine d'années après leurs exactions, frise le zéro pointé. A moins que… A moins qu'ils ne soient pas allés au bout de leur chemin. Tuer un mec ou deux, évidemment que ça sert à rien. L'engeance, ça a la vie dure et ça se reproduit vite. Tu arraches une tête, y'en a dix qui repoussent. Faut faire le ménage en grand. Et d'un seul coup. Les virer tous. D'un bloc. Sans toucher aux innocents. Qu'ils n'aient pas de solution de rechange. Et que ceux qui sont derrière comprennent

qu'il vaudrait mieux pour eux qu'ils fassent gaffe. Parce que non seulement la révolte gronde, mais elle dispose d'une faux à large lame qui peut les étêter vite fait bien fait.
   Moi.

3.

Délire de pauvre fou, vous dites-vous. Le gars rêve, un rêve malsain en plus. Il arrivera à rien, ça ne se peut pas. Il a bloqué sur la chanson de Renaud en exergue de cette histoire, sur l'anarchisme à la papa et à son papa, sur une névrose bourgeoise autodestructrice sans intérêt. Vaudrait mieux l'enfermer, ça ferait un givré de moins. Peut-être même un délinquant potentiel de moins. D'ac. Si vous voulez, mais en attendant vous êtes là suspendu à mon histoire et vous vous demandez où je veux en venir.

Puisque la cause était entendue, maintenant il fallait agir. Etêter les puissants. Choisir une cible et frapper.

En réalité je n'avais que l'embarras du choix. Les sommets du G7, du G8, les réunions de l'Union européenne, celles de l'Otan, les commémorations internationales de la fin de telle ou telle guerre. Sauf que, dans ces trucs-là, il n'y a que des politiques. Eventuellement quelques militaires et quelques têtes couronnées. Mais il me manquerait l'essentiel : les rois de la finance, les grands patrons, les salopards en chef.

Un mot m'est venu à l'esprit : Davos.

Chaque année le ban et l'arrière ban des big boss de la planète s'y retrouvent. À Davos, une station de montagne suisse extra-chic. Là, ils s'écoutent les uns les autres et modèlent leur univers. Je me suis dit : « la voilà, ma cible ». Pas si sûr. S'ils en parlent à la télé et dans les journaux, s'ils s'offrent ainsi en spectacle aux yeux du monde, c'est qu'il y a un mensonge sur le produit, une erreur de casting, une faille. Davos, ça ne peut être qu'une vitrine, une surface, c'est pas le vrai truc, c'est fait pour amuser la galerie, pour divertir l'opinion. Il y a des choses derrière les choses, et ce n'est pas Davos.

J'ai laissé tomber l'idée de Davos.

D'autant plus facilement que je n'ai jamais aimé la montagne.

J'ai continué à chercher. Et mes zigzags sur la toile et dans les magazines m'ont mené à un autre truc. Le même, mais en discret, en caché, en secret. Même Internet n'y consacre pas des milliers de pages, mais il y a quelques livres, documentés, quelques articles, quelques témoignages. L'évidence m'a sauté aux yeux. C'était là, c'était ce truc-là sur lequel je devais focaliser : une réunion annuelle mais secrète, avec des patrons internationaux, les plus importants, des banquiers, des chefs d'Etat, des ministres, et aussi les petits génies qu'on coopte pour être les boss de demain. Tous réunis. Nom de code : Altenberg. « La vieille montagne ». Altenberg. Exactement ce que je cherchais. Mais cette montagne-là, fut-elle vieille, n'est pas un lieu, c'est un cercle, un groupuscule, un cabinet noir planétaire, une hiérarchie, une secte. Une réalité aussi. Il ne me restait plus qu'à savoir où et quand se tiendrait la prochaine réunion. Et à agir.

4.

11 septembre 2021. La planète « fête » le vingtième anniversaire des attentats qui ont déclenché l'ère apocalyptique que nous vivons. Mais qui a commis les attentats, personne ne le sait encore avec certitude. Les doutes subsistent. Quelle importance ? J'ai installé mon ordinateur sur une table sous le platane de la cour. Il y a juste assez d'ombre pour que je distingue l'écran sans forcer mon regard, et bien assez de lumière autour pour avoir la sensation que nous sommes encore en plein été. C'est un beau mois de septembre. Quoi qu'en disent les angoissés climatiques, le cataclysme sans cesse annoncé n'est toujours pas arrivé. Les saisons sont restées ce qu'elles étaient, même si chaque année les choses évoluent. Tout a toujours évolué. A nous de nous adapter. Et ce que j'ai l'intention de faire est bel et bien partie prenante de cette adaptation. Je ne veux pas provoquer le chaos, j'espère simplement mettre les consciences en adéquation avec l'évolution de notre société. Je ne veux pas faire peur aux masses, je veux faire trembler les élites.

J'ai installé sur l'ordi un logiciel de recherche qui me permet de me promener sur la toile sans être repéré. Du moins je l'espère. Les recherches que j'accomplis doivent rester discrètes. J'ai appris que la prochaine réunion Altenberg aurait lieu en Thaïlande. En avril, juste avant que ne débute la saison des pluies. Cela me laisse à peine six mois pour me préparer. L'ancien royaume du Siam a été convié pour la première fois l'année dernière, avec plusieurs autres nations asiatiques, à envoyer des émissaires au sein du groupe Altenberg. Les Européens et les Américains, qui l'avaient créé à l'issue de la Deuxième Guerre mondiale, ont décidé d'ouvrir le cercle. Curieusement, les « petits dragons » asiatiques ont été choisis de préférence aux pétromonarchies du Golfe. Le vent tourne, le pétrole a fait son temps, les puissants eux aussi s'adaptent et savent que le commerce est la véritable manne. Quatre-vingts millions de Thaïlandais, cent millions de Vietnamiens et cent-trente millions de Japonais, soixante millions de Sud-Coréens, plus quelques dizaines de millions de Taïwanais et de Singapouriens, c'est plus de quatre-cents millions de clients à portée de main - plus qu'Etats-Unis et Canada confondus - dont les portefeuilles grossissent à vue d'œil et qu'il serait temps d'inclure dans le grand jeu de bonneteau occidental. En attendant que la Chine ne rentre dans le cercle à son tour. La Thaïlande aura donc l'honneur de recevoir le prochain Altenberg. La réunion se déroulera sur l'île de Koh Lanta. Ne riez pas. Vous connaissez peut-être l'émission de télévision, dans laquelle des candidats séparés en deux équipes, les jaunes et les rouges, s'affrontent en devant se nourrir sur le terrain du produit d'une jungle hostile... Révisez votre jugement.

Dans la vraie vie, Koh Lanta est une île touristique bourrée d'hôtels de luxe. C'est dans un de ceux-là que se réuniront les puissants de ce monde. Et si hostilité il y a, ce sera la mienne.

* * *

J'ai fait la sieste une partie de l'après-midi. Je connais maintenant ma destination. Il est temps que je descende en ville faire quelques courses. Le pick-up est rangé dans l'allée, museau tourné vers le portail, je récupère la clé suspendue au-dessus de la porte de la cave et je file. J'habite un petit village cévenol, quelques kilomètres avant d'arriver à la route du Mont Lozère. Ici, on ne ferme pas les portes à clé, ici il n'y a pas de voleur. Il n'y a pas grand-chose d'ailleurs, à part des vieux et quelques hurluberlus dans mon genre qui ont quitté les grandes villes pour revenir vers leurs racines. Ma famille est enterrée au cimetière du village. Mes « racines » sont bouffées par les vers, comme je le serai bientôt. A moins que ce ne soient les petits poissons qui s'occupent de mes restes.

5.

En grattant un peu plus les méandres d'Internet, j'ai appris la localisation précise de l'hôtel de Koh Lanta où se déroulera la réunion annuelle Altenberg, ainsi que son nom, le « Siksun Resort », du nom, ai-je lu, d'une divinité locale. On n'accède au « Siksun Resort » qu'en bateau. Il n'y a pas d'aérodrome sur l'île et pas d'aire d'atterrissage d'hélicoptère, à moins que la plage ne soit utilisée pour ce faire. La majorité des invités arriveront donc via l'aéroport international de Krabi. A un peu plus d'une heure de route, un ponton où accostent les vedettes maritimes de l'hôtel deviendra le *hub* par lequel passeront les plus grandes fortunes de la planète, les chefs d'Etat et les ministres. Une demi-heure de bateau les conduira au « Siksun Resort ». Ils pourront visiter les îlots où ont été tournées les célèbres scènes de *James Bond contre Dr No*, notamment celle où Ursula Andress sort de l'eau face à un Sean Connery discrètement émoustillé. Ils verront aussi des traces du tsunami de décembre 2004. Sur les photos, tout cela paraît irréel. Il faut que j'aille tâter le terrain.

6.

Pour accomplir ma mission, j'ai dû abandonner mes activités habituelles. Du moins ce qu'il en restait, car cela fait quelques années déjà que j'ai quitté Paris pour m'installer dans les Cévennes. J'étais photographe, dans la pub. Difficile de faire plus superficiel, philosophiquement parlant. C'est peut-être ce qui m'a poussé à réfléchir. Ça et l'accident. Celle que je devais épouser y a laissé sa peau, j'y ai laissé ma joie de vivre. Ce n'était pas un accident de voiture, non, dans ce cas je crois que je ne pourrai plus conduire, et je ne peux pas dire que ce soit un accident dont j'étais responsable, si ce n'est que c'est moi qui ai insisté pour qu'on prenne ce train. Un petit tortillard du côté de Chamonix. Des pierres se sont décrochées de la paroi au-dessus de nous. Le train a dévissé. Nous avons dévalé quelques dizaines de mètres de ravin. Il y a eu douze morts ce jour-là. Et cinq survivants. Physiquement, j'en suis sorti totalement indemne. Moralement, j'ai dû chercher une nouvelle raison de vivre. Et vous savez laquelle j'ai trouvée. Bien sûr j'avais un héritage intellectuel qui m'a beaucoup aidé, mais cet héritage n'incluait pas la rage, qui chaque jour me pousse.

Côté finances, tout va bien, j'ai de quoi me préparer sereinement. Je n'ai pas honoré beaucoup de contrats depuis quelques temps mais uniquement des shootings très bien payés. J'ai une certaine renommée dans le monde de la photo, et ma rareté alimente ma cherté. Il m'arrive même de sortir du monde de la pub pour m'immiscer dans celui des voyages, et aussi dans celui de l'art. Et là, les prix des clichés défient toute logique. Mon compte en banque s'en réjouit, il est passé du stade de studio sous les toits dans un quartier pourri à celui d'hôtel genevois des bords du lac. Je pourrais être heureux, riche et heureux. Mais la rage ne m'a pas quitté. Tant pis pour moi.

8.

Oui, il est temps que ça cesse. J'ai profité de ma soirée au calme pour relire quelques passages du rapport Meadows. Sur Internet bien sûr, sur mon smartphone. « The Limits To Growth », publié en 1970, mais déjà c'était comme pisser dans un violon. *Les limites de la croissance*, que les Français, comme des cons (comme d'habitude) ont traduit « Halte à la croissance ? ». Oui, avec un point d'interrogation qui remettait totalement en cause la philosophie de ce qui était à l'intérieur du rapport. Des cons, on vous dit. Depuis cette époque-là on le sait, on est au courant, on ne fait rien, personne ne fait rien.

Tout se mélange dans mon esprit pour tout vous dire. La « croissance zéro », le capitalisme financier, la crise climatique, la « détérioration des termes de l'échange », mon père et ses mises en garde. Non suivies d'effet, elles non plus. Tout cela se lie, se mêle, s'entrecroise, à tort ou à raison, et est poussé par ma rage. Ne croyez pas que l'on puisse deviner quelque chose vu de l'extérieur. J'ai bien l'apparence d'un bon bourgeois. Un richard européen en vacances dans un bel hôtel, dans un pays confusément inégalitaire, vaguement dictatorial, où la guerre de religions connaît aussi comme chez nous des piques brûlantes et meurtrières. Pourtant Bangkok est sublime, si on aime les villes. Une vraie carte postale à la *Blade Runner*, le futur technologique le plus lustré mêlé au sordide le plus éternel. Car c'est cela la marque au fer rouge de l'humanité, le sordide, le vil, le dramatique. *Ad augusta per angusta*, comme disaient les Romains, « vers les sommets par des chemins étroits », la gloire se conquiert en empruntant des venelles mal famées. Et qui a la gloire, qui est au sommet ? Il s'appelle Jacou de Teyran de Montpellier… Vous ne le connaissez pas. Personne ne le connaît officiellement. On ne parle pas de lui dans les journaux, les chefs d'Etat et les stars du CAC 40 ne vous évoqueront jamais son existence. Moi-même, si je connais son nom, c'est parce que je l'ai cherché. D'après certains témoignages, des gens décédés depuis pour la plupart, car on dirait bien que parler de lui revient à signer son arrêt de mort, ceux qui savent l'appellent « le vicomte », puisque tel serait son titre de noblesse. Mais le vicomte est un roi, un prince, un empereur, L'Empereur de la planète Terre, l'homme assis au sommet de la montagne, qui réunit chaque année le cercle d'Altenberg, qu'il dirige, et explique aux présidents, aux Premiers ministres, aux patrons des plus grandes entreprises, ce qu'il attend d'eux, ce qu'ils devront faire durant l'année à venir, comment ils vont diriger le monde, comment ils vont régenter leurs citoyens et leurs employés, user et utiliser la terre nourricière, asservir la populace. Il est le Grand Manipulateur, le patron, le *leader maximo*, le *jefe*, le

Kaiser, le *duce*. Pourquoi lui ? Je serais bien en peine de le comprendre.

Je vous l'ai dit je pourrais être heureux. Aveugle et heureux. Mais, vous le savez, j'ai la rage. J'ai soif d'agir. Sûrement pas pour de bonnes raisons. En réalité que la Terre crève, et vous avec, je pourrais très bien m'y faire. Je pourrais même trouver ça marrant, qui sait ? Mais j'ai besoin de crever moi aussi, autrement, dans un élan, dans une fulgurance, ou, si je ne crève pas, d'allumer la mèche qui fera tout péter.

9.

J'ai repris l'avion ce matin, de Bangkok à Krabi. Un petit aéroport de province bourré de touristes du monde entier. Rien à voir, rien à faire, le Siksun Resort de toutes façons avait tout prévu. Nous étions la cohorte du jour, trois couples, dont un de vieilles dames hollandaises, et deux hommes seuls. L'autre homme seul m'a regardé comme si j'étais un *Double Whopper Cheese* de chez Burger King prêt à être dévoré, j'ai baissé mes lunettes de soleil pour le fusiller du regard, il a saisi le message et s'est assis le plus loin de moi possible dans le minibus. Je n'étais pas venu en Thaïlande pour faire du tourisme sexuel, ni masculin, ni féminin. Au bout d'une heure de route, à vitesse modérée, et en roulant à gauche, ce qui m'avait surpris à mon arrivée à Bangkok, le van estampillé du Siksun Resort nous a arrêtés devant l'embarcadère du Siksun Resort d'où s'approchait une navette du Siksun Resort. Il était près de 14 heures, si bien qu'une collation nous attendait sur le bateau, qui nous fut servie sitôt embarqués. Je ne vous raconte pas le paysage de rêve : pour rejoindre l'île de Koh Lanta il nous a fallu une demi-heure de navigation dont une bonne partie en croisant des îlots à la végétation luxuriante escaladant des parois vertigineuses. Du Cinémascope naturel, du sublime plus-plus-plus, du juste-grandiose qui m'a fait oublier quelques instants pourquoi j'étais là. Durant cette traversée, je n'étais plus là que parce que c'était beau, tellement beau.

* * *

Un sous-directeur italien nous attendait sur la plage, nous expliquant que le directeur de l'hôtel – un Français – était retenu à Bangkok jusqu'au lendemain. Civilités et salamalecs d'usage avant de nous laisser rejoindre nos chambres. La mienne – je n'avais pas lésiné sur les moyens – était une sorte de villa avec piscine à débordement et vue sur la mer d'Andaman. Le sous-directeur me colla aux basques jusqu'à ce que je lui avoue que oui, j'étais bien le Kevin Archambault qui signait des photos dans des magazines comme *Géo*, *Carnets de Route*, *National Geographic*. Il semblait aux anges. J'allais lui dire que je n'étais pas venu en Thaïlande pour ça mais je me ravisai. Etre un *happy few* parmi les *happy few* serait une opportunité pour poser des questions indiscrètes et ainsi en savoir plus sur l'hôtel, son fonctionnement, et la future réunion du cercle d'Altenberg. Enfin seul, je me déshabillai et plongeai dans l'eau presque tiède de ma piscine privée. Un régal. Mais un régal qui fit remonter ma rage. J'allais presque en oublier ma mission, celle que je m'étais donnée et pour laquelle je devais maintenant concentrer ma réflexion et corréler mes actes.

10.

Le téléphone de la chambre a sonné au moment où je ressortais de l'eau. Bonne nouvelle, le sous-directeur me conviait à sa table pour le repas du soir. Si je suis un bon questionneur, je vais pouvoir très rapidement commencer mon enquête sur les us et coutumes du Siksun Resort.

Aldo Steiner, puisque tel est son nom, m'a envoyé une voiturette, une de ces petites voiturettes électriques comme on en voit sur les greens de golf. Il faut dire que l'hôtel est immense, composé de plusieurs dizaines de bâtiments à flanc de colline séparés par de la forêt, bien propre sur elle, et reliés par des serpentins goudronnés qui mènent aux plages, aux bars et restaurants, aux boutiques. Aldo Steiner, je me dis, n'est pas un Italien su sud, avec un nom pareil il est issu des Alpes, peut-être même est-il en réalité Autrichien ou Suisse d'origine. Mes *a priori* culturels me soufflent stupidement que dans ce cas-là il ne doit pas être très causant, à la différence des Napolitains ou des Romains, et que c'est bien dommage. Mais les *a priori* sont des conneries, évidemment. En réalité, Aldo est un bavard impénitent et sitôt que je lui ai souhaité le bonsoir il commence à m'inonder d'un flot de paroles, concernant la Thaïlande, l'hôtel, me questionnant sur mon voyage, ma chambre, mon métier, un moulin à paroles. En vérité, la difficulté n'est pas de le faire parler mais de l'aiguiller sur le sujet qui m'intéresse ; ce qui vient finalement tout naturellement.

Au milieu du repas, comme s'il n'y tenait plus, Aldo Steiner se penche par-dessus la table et, dans son français impeccable mâtiné d'un léger accent plus germanique qu'italien, il me révèle le grand secret qui semble lui brûler la langue. Oui, il me dit tout ce qu'il sait sur la tenue du groupe Altenberg au Siksun Resort. La liste des présents, ce qu'ils feront et à quelle heure, quelles chambres ils occuperont, comment sera organisé leur séjour, comment ils arriveront, comment ils repartiront. Il est comme un enfant, c'est sa fiesta à lui, le truc incroyable, le billet de manège inattendu et il est heureux de m'en parler, pire que ça, ou mieux que ça, c'est comme vous voulez, il m'explique que ce serait formidable si j'étais là à ce moment-là ! Pourquoi ? Mais pour prendre des photos bien sûr. Pour que ces braves gens gardent le souvenir de leur passage au Siksun Resort. Il voit ça comme une publicité formidable pour l'hôtel. On n'en parlera pas dans les journaux, à la télé, sur Internet, c'est sûr, mais si tous ces puissants gardent un souvenir de leur venue, ils reviendront, ils en parleront à leurs riches amis, il y amèneront leurs maîtresses ou leurs amants, ou plus prosaïquement leurs familles ou leurs collègues. Aldo Steiner n'en démord pas. Mais il faut un photographe discret, sûr, qui ne dira rien lui non plus, et travaillera sur

11.

   Le voyage en Thaïlande n'aura pas été inutile. J'ai appris tout ce que je pouvais apprendre sur le Siksun Resort, et même un peu plus. Après mon premier soir, ma rage est descendue, retombée, j'ai beaucoup marché, je me suis laissé faire, j'ai visité des îles paradisiaques, l'archipel des Phi-Phi Islands. J'ai beaucoup discuté aussi, avec Aldo Steiner, irrémédiablement loquace, qui m'a raconté sa vie dans les plus infimes détails, mais aussi avec son patron, plus discret, plus « carré », un homme d'affaires exilé en fin de carrière sous les tropiques, volontairement, parce qu'il en avait assez d'être le numéro trois ou quatre d'une grande chaîne hôtelière, qu'il avait envie de choses plus simples, plus « naturelles », un mot qui revenait souvent dans sa bouche, alors qu'il ne l'était pas pour une once. Gravure de mode façon gentleman de la côte atlantique, parlant rugby et golf avec le même détachement passionné, si vous me permettez l'oxymore, Gérald Langivy-Sallaberry m'a servi lui aussi quelques indiscrétions sur la venue du cercle Altenberg. Les deux hommes s'étaient donné le mot et pensaient tous deux que ce serait une bonne chose que je sois des leurs à ce moment-là. J'avais fini par accepter en me disant que maintenant que le loup avait la clé de la bergerie, il n'avait plus qu'à réfléchir à la meilleure manière de croquer les moutons. Langivy pestait aussi de s'être fait « rattraper par ses états de services », comme il disait encore, qu'on ait choisi son hôtel pour cette rencontre internationale mais secrète parce qu'on le connaissait, parce que, de Hilton en Accor Hotel, de Miami à Londres, en passant par Moscou, Venise ou Paris, il avait déjà croisé à peu près toutes celles et tous ceux qui allaient débarquer dans quelques mois à Koh Lanta…

Mais je ne m'étais pas contenté de plastronner avec les boss du coin. De manière plus discrète, j'avais beaucoup tourné dans l'hôtel, fouiné dans tous ses recoins, repéré ses défauts et noté ses failles, j'avais palabré avec quelques subalternes, responsables de l'approvisionnement, intendants, femmes de ménage, voituriers, gardiens. Il en ressortait que si tout ça fleurait le luxe, le petit peuple, lui, marnait comme des esclaves et, hormis pour la paye, ne tenait pas nécessairement en haute estime ceux qui le dirigeait. J'avais sympathisé avec deux ou trois, payé quelques tournées dans un autre bistrot, inconnu des guides touristiques, et laissé derrière moi l'image d'un Occidental prêt à lâcher de la monnaie pour des menus services. Ce qui me rendait bien sympathique à leurs yeux.

12.

L'hiver est plus ou moins là, plutôt moins que plus. Pas de neige, le village n'est pas situé assez haut en altitude, il y a bien eu quelques journées de pluie glaciale, le plafond reste bas et la nuit tombe au milieu de l'après-midi, mais on ne peut pas dire que cela soit très rigoureux, même si le coq est quasi muet et si les poules ne mettent pas le bec dehors. Quelle que soit la météo, j'ai du temps pour cogiter. Et me préparer. S'attaquer à une soixantaine ou plus de chefs d'Etat et de grandes entreprises, quand on est seul, que ces gens-là sont, eux, sévèrement gardés et protégés, même si tout va se passer dans un lieu clos, c'est une équation complexe à résoudre. Et, à supposer que je réussisse mon coup, je fais quoi après ? Je revendique ? Et au nom de qui, de quoi ? Je me tire une balle ? Je disparais comme j'étais venu ? Je vous ai bien dit que j'allais vous raconter l'histoire comme elle s'est passée. Eh bien figurez-vous qu'en ce moment j'en mène pas large, je me pose sérieusement des questions, et l'isolement ne m'aide pas à réfléchir, pas plus que les flammes de la cheminée. Je ne vais pas me pointer avec une Kalach ou un Uzi et tirer dans le tas. Un, je ne me suis jamais servi de ce genre de truc et deux, je ne vois pas comment je pourrais en amener un jusque-là-bas. Je ne vais pas non plus piloter un avion bourré d'explosifs et me jeter sur l'hôtel façon kamikaze, d'une part ce serait copier et d'autre part je ne sais pas piloter. J'ai l'effet de surprise pour moi, mais comment l'utiliser. La forêt ? A supposer que je parvienne à y mettre le feu, les gars seraient exfiltrés vers la plage en deux temps trois mouvements et personne ne serait mis en danger.

Je décide de me préparer un repas, cuisiner porte conseil. J'ai ramené deux-trois recettes que m'a données Aldo Steiner, pas de la cuisine thaïlandaise, non, plutôt de l'italienne, des plats qu'il a appris à son chef, qui lui est thaïlandais, et dont il m'a aussi donné le secret. Dont un à base de champignons, un mets de choix dans les montagnes alpines.

…Putain.

Les champignons !

Le voilà, mon outil.

Aldo m'a expliqué qu'il allait faire servir à ses hôtes de marque une vieille préparation familiale, transmise de mère en fille, mais dont il a hérité car il n'a pas de sœur. Un plat de viande de cerf, de polenta et de champignons. Il n'y a pas de cerf en Thaïlande, mais il existe encore dans les montagnes du nord quelques antilopes de belle taille, à peu près aussi grandes que des chèvres. Protégées, certes, mais que ne ferait-on pas pour nourrir les puissants de cette terre ? Quant aux champignons, les marchés regorgent de tout ce qu'un cuisinier peut désirer, et pour la polenta certes les Thaïs n'ont pas ça, mais il trouvera… Quoiqu'il trouve d'ici là, à moi de substituer aux « bons champignons » les mauvais qui leurs seront fatals... Cela me fait penser à un épisode de ce vieux film à sketchs des Monty Python, *Le sens de la vie*, dans lequel tous les convives d'un dîner sont décimés par un repas comprenant des champignons vénéneux. La mort vient ramasser tout le monde, y compris celui qui, dans un coin, essaye de lui expliquer qu'il n'en a pas mangé. Trop tard... A moi de leur en faire manger, à tous. Je serai le César Borgia des tropiques, le Néron d'Altenberg, la Mort au Paradis...

13.

C'est Noël. Et je prépare ma valise. Je repars. Pas en Thaïlande cette fois, non, j'ai été invité par un de mes clients, un British qui est devenu un ami, à venir fêter l'année nouvelle dans une *party* londonienne. J'ai décidé d'y aller en bagnole. *Why not ?* Traverser la Manche en ferry me fera du bien et rouler à gauche sous la neige – la radio parle tempête en Angleterre – avec le volant du mauvais côté, ça va être génial… L'homme est un animal qui s'adapte, et je vois ça comme une récré bienvenue. De toutes façons, de la neige, de ce côté-ci de la Manche, il n'y en a pas, on vit pour l'instant le mois de décembre le plus chaud enregistré depuis que la température est enregistrée. Il fait soleil et le thermomètre flirte avec les 20 degrés. Je jette une valise et un sac dans le coffre. Je vais passer par la montagne : Florac, Mende et je rejoindrai l'autoroute à Marvejols, le pays de la Bête. La Bête du Gévaudan. Elle a sa statue là-bas, sur la place. A Koh Lanta, un jour ils dresseront la mienne.

14.

J'aime bien l'autoroute. Le long ruban qui défile et qu'on a l'impression d'avaler, tour de roue après tour de roue, comme une orgie de gris, rythmée par le *schlac-schlaaac, schlac-schlaaac* des essuie-glace. C'est un peu comme une transe. Et l'esprit s'échappe, commence à flotter, sort de l'habitacle, part à l'autre bout du monde, revient, te parle. Est-ce que je m'insurge ? Est-ce que c'est cela que je suis en train de faire ? Non, en règle générale je ne suis pas un insurgé, je ne suis pas un rebelle, je ne suis pas un va-t-en guerre ; mais quand la marmite déborde comment faire ? Ne faut-il pas réagir ? Quand vos enfants font des bêtise vous les grondez, non ? Mais qui pour gronder les grands enfants, ces enfoirés de chefs d'Etat en tous genres qui font de grosses bêtises ? Ces garnements de chefs d'entreprise qui les encouragent et en font des encore pire, en douce, en se marrant comme des idiots ? Ils n'ont plus aucune autorité au-dessus d'eux, ils sont de mèche ensemble, et leur grand chambellan, Teyran de Montpellier, ne risque pas de les gronder, plus ils font des bêtises plus il les encourage à continuer, si j'ai bien lu les rares articles et documents qui parlent de lui. Pourtant, il va bien falloir que quelqu'un les gronde, que quelqu'un leur fasse voir raison, que quelqu'un les recalibre, les réinitialise. J'ai bien écouté les leçons des informaticiens. Quand un système dysfonctionne, tu arrêtes la machine et tu redémarres, tu rebootes. Par des moyens doux si possible, mais s'il faut aller jusqu'à débrancher sans avoir fermé toutes les fenêtres, arrêté tous les logiciels qui tournaient (mal), tant pis, tu y vas. Voilà ce que je vais faire. Débrancher le système. Et il se relancera en automatique, jusqu'au prochain grippage. On verra bien où cela nous amènera, droite, gauche, vers des Etats forts ou des sociétés autogérées, vers moins de misère et moins de guerre peut-être ? En attendant j'aurai fait le job. Il faut bien que quelqu'un le fasse avant que tout explose.

15.

Pendant la traversée de la Manche, je suis resté de longs moments sur le pont du ferry. Les embruns étaient frais mais il m'ont fait du bien. Accoudé au bastingage j'ai regardé la mer. Comme au bon vieux temps. Les voyages en bateau, cela peut donner la nausée mais sur de courtes distances, quand les vagues ne sont pas trop hautes, cela aide à penser. A l'immuabilité, à l'éternité. Comme l'aurait écrit Isaac Asimov, notre monde traverse une « crise Seldon ». Sauf qu'ici et maintenant ce n'est pas de la science-fiction et il faut un catalyseur pour faire évoluer la crise. J'ai repris la voiture quand le ferry a accosté au port de Douvres. Les falaises sont toujours aussi blanches et impressionnantes. Je me suis retrouvé sur la M2 : Canterbury, je n'ai pas vu les remparts romains, ni la cathédrale, j'ai tracé ma route, Maidstone, Rochester, Dartford, puis Londres la tentaculaire. Je me suis arrêté juste avant d'arriver à Camden Town, où m'attendait Gregory Davon, Greg pour les amis, le boss de Waite Entertainment, une boîte pour laquelle j'ai déjà fait des photos à plusieurs reprises. J'ai fait un stop à Mornington Crescent. J'ai rangé la voiture n'importe comment et j'ai traversée la rue pour avoir une vue d'ensemble sur un bâtiment bien particulier, l'immense « immeuble aux chats ». Je ne sais pas quel est son nom officiel, il abrite aujourd'hui des bureaux du London Council, mais on peut toujours voir ses colonnades blanches et noires et ses grandes statues de chats égyptiens qui trônent. C'est l'ancienne usine des cigarettes Craven A, les cigarettes que je fumais quand je fumais. Je suis resté là un quart d'heure comme un idiot en regardant le mur d'en face, ses colonnes et ses statues, alors que des employés et des quidams entraient et sortaient sans y faire attention. Cinq ou six bus rouges à deux étages de la ligne 253 et de la ligne 27 se sont arrêtés, sont repartis, et je me suis décidé à reprendre le volant jusqu'à Camden, à quelques centaines de mètres de là. Une fois garé et posé à mon hôtel, je suis allé rejoindre Greg dans un pub morne à côté de la station de métro, le World's End, comme quoi, il n'y pas de coïncidence.

* * *

Je viens d'expliquer à Greg mes intentions. J'en suis à ma troisième pinte de Carling, une bière canadienne, je ne sais pas pourquoi ils servent ce truc-là ici, mais mes trois pintes expliquent ma loquacité et ma facilité à raconter mon projet. Greg me regarde les yeux exorbités, comme si je venais de lui dire que j'ai découpé le chat en morceaux. Comme disait Brel, « *j'ai jamais tué de chat, ou bien j'ai oublié, ou alors y'a longtemps, ou y'sentait pas bon* »….

— Et pourquoi tu veux faire ça ? Mais tu imagines le chaos si tu fais ça ? Et même si c'est pas le chaos, parce que c'est vrai, les mecs, ils vont vite les remplacer, et alors ça aura juste servi à rien.

Greg n'envisage même pas que je puisse rater mon coup, lui aussi en est à sa troisième ou quatrième pinte de cette *lager* légère mais qui te monte quand même à la tête. J'essaie de lui expliquer ce qu'est une « crise Seldon » et comment je vais être, moi, le catalyseur qui va faire évoluer la société des hommes d'un plan à un autre.

— Tu as déjà lu Asimov, *Fondation* ?

Greg se marre comme une vache. Enfin, c'est mon impression. Et d'ailleurs, à part sur les boîtes de « La Vache Qui Rit », on n'a jamais vu une vache rigoler, non ?

— Le dentiste ? Il écrit ?
— Le dentiste ? Quel dentiste ?
— Mon dentiste, sur Kentish Road, je ne savais pas que tu le connaissais.
— Pourquoi tu me parles de ton dentiste ?
— Tu m'as dit Asimov…
— Ton dentiste s'appelle Asimov ?
— Oui, m'sieur, Dashiell Asimov, le roi du… comment vous dites en français ? Ah, le roi du plombage, c'est ça !

Bref, conversation d'ivrognes, ça risque pas de nous mener bien loin. Sauf qu'à un moment je parle à Greg des champignons et du poison et il me fait, sentencieux :

— Si tu as besoin de poison, mais attention, d'un poison mortel, rapide, indécelable, pas n'importe quel poison, il faut que tu ailles voir une nana que je connais... une espèce de sorcière.
— Une sorcière ?
— Oui m'sieur. Zenobia. *That's her name.* Tu dis que tu viens de ma part. Tu verras, c'est une brune avec les cheveux aux carré, elle a une boutique de chaussures et de fringues de sorcière. Mais elle vend pas que des fringues et des chaussures.
— Où ça ?
— Ici, à Camden. Je t'emmène demain, *okay* ?

16.

La boutique de Zenobia s'appelle « The Desert », elle est dans une petite rue qui donne sur la grande artère commerçante de Camden. Sur la devanture on a dessiné assez malhabilement des vestiges antiques, des colonnades en ruine au milieu d'un désert surplombé d'un soleil ardent. On peut pas dire que ce soit vraiment réussi, mais ça donne un ton, ça invite au voyage. Evidemment, Greg n'est pas avec moi. Il cuve sa bière, le fait est qu'il n'a pas su s'arrêter alors que j'ai été bien plus cool que lui sur la Carling. Mais il m'a donné le nom de la boutique, je n'avais plus qu'à la trouver.

Les ruines, le désert, Zenobia, bien sûr, je remets les cases en place et je me dis que le dessin représente les ruines de Palmyre, dans le désert syrien. Zénobie en fut la puissante reine au troisième siècle de notre ère, qui défia la Rome impériale d'Aurélien jusqu'à proclamer son fils empereur. Une vieille histoire, qui n'est pas exempte non plus de légendes qui prêtent à Zénobie des pouvoirs surnaturels…

Je pousse la porte.

Un homme brun aux sourcils broussailleux me dévisage. Je demande à voir Zenobia. Il ne dit rien mais du minuscule escalier qui descend de l'étage émerge ce que l'on pourrait appeler une « créature ». Les cheveux sombres avec des mèches rouges, tatouée des pieds à la tête, montée sur des *platform boots* d'une vingtaine de centimètres, elle tend vers moi une main dont les doigts sont prolongés d'ongles d'une dizaine de centimètres. La véritable image d'Epinal de la sorcière, à mi-chemin entre la Tina Turner de *Thunderdome* et une émanation de Greta Garbo version tatouage intégral. Etrangement, elle s'adresse à moi en français :

— Que veux-tu, petit homme ?

Cela doit être sa manière à elle d'accueillir les étrangers. Son camarade me regarde toujours à travers la forêt de ses sourcils, mais il sort de derrière son comptoir et se rapproche de moi, avec l'air glacial d'un videur de boîte de nuit en mal de clients à rosser.

— C'est Greg qui m'envoie, Gregory Davon.
— Ah, ce Greg-là.
— Mmm
— D'accord. Comment va-t-il ?
— Mmmm… il vous passe le bonjour… J'ai besoin d'un truc un peu spécial, il m'a dit que je pourrais compter sur vous
— De quoi as-tu besoin, petit homme ?
— Est-ce que je peux parler ?

Elle lance une phrase à son sbire, dans une langue inconnue de moi, quelque chose qui ressemble de loin à de l'arabe peut-être, et le gars sort fumer une clope sur le trottoir devant la boutique.

— Parles, petit homme !

— OK… L'idée ce serait que je vous achète du poison. Un truc sérieux, du genre mortel.

La dame sourit et l'éclat de ses dents semble iriser la boutique. Impressionnant. Tout comme la modulation de ses yeux, qui m'enveloppent et me fouillent, me donnent l'impression d'être une tranche de steak haché à l'intérieur d'un *bigmac* qu'elle va croquer sans tarder. Je me sens pas bien, là, d'un coup j'ai envie de pousser la porte et de sortir, mais c'est à ce moment que son employé, ou quoiqu'il soit, revient à l'intérieur de la boutique et reste sur le seuil, me bloquant tout accès vers la rue. Zenobia se met à rire comme une possédée. Pourvu qu'elle ne le soit pas, c'est tout ce que je demande…

— Suis-moi mon ami, me dit-elle en commençant à remonter les escaliers. Comment t'appelles-tu ?

— Kevin.

— Kevin… C'est pas terrible comme nom. Tu devrais en changer. Si j'avais dû m'appeler Karen toute ma vie, je ne m'amuserais pas autant.

— Karen ? Vous vous appelez Karen ?

— C'est cela, oui, et sais-tu pourquoi je t'ai parlé en français au premier regard ?

— Mmmm… Non.

— Parce que je devine ces choses-là, petit Kevin, on dit de moi que je suis un peu sorcière…

Et de rire à nouveau comme une tordue, alors que nous atteignons les premier étage de sa boutique. Sourcils-broussailleux est en bas de l'escalier, tourné vers nous, assurant toujours les arrières de Zenobia. Ou Karen, si vous préférez.

— Alors, de quoi as-tu besoin ? D'un poison mortel d'accord, mais encore ?

— Quelque chose de rapide, indécelable, que l'on peut dissimuler dans de la nourriture, et qui puisse tuer tous les convives d'un banquet.

Là, c'est elle qui me regarde étonnée ; si j'avais un ego surdéveloppé, je dirais même qu'il y a une petite lueur de peur dans ses yeux.

— Eh bien ! Rien que ça ! Tu n'as pas de petites ambitions en matière de crime, Kevin ! Je crois que j'ai trouvé le nom qui t'irait. Que dirais-tu de Borgia ? C'est sans appel, ça claque !

— Kevin, ça me va très bien, je n'ai pas besoin de me comparer aux champions de l'assassinat…

— Eh bien, eh bien, Keeeevin, tu m'intéresses mon petit. Je n'ose pas te demander qui tu veux tuer, mais si c'est pour ta famille, ne comptes pas sur moi, c'est non.

— Je ne peux pas vous le dire. Mais non, ce n'est pas pour ma famille, ça je vous le garantis.

Tout à coup, une idée me frappe, je ne peux pas m'empêcher de lui poser la question.

— Comment vous connaissez Greg ?

— Greg ? Ah, ton Greg, je ne le connais pas… Enfin, je connais sa sœur. Davonia.

— Myrtle ?

— Myrtle Davon, oui. Davonia.

17.

L'hôtel est moderne et chic-bas-de-gamme, si vous me suivez. Des baies vitrées mal nettoyées, des sièges qui essayent de faire croire qu'ils sont « de créateur ». Mais les chambres sont spacieuses, et ça, c'est un luxe pour un hôtel londonien. La vue aussi : directement sur l'écluse de Camden Town, dans le coin on peut pas faire mieux. J'ai quarante-huit heures devant moi, je n'ai pas envie de me saouler la gueule une nouvelle fois avec Greg. Je vide et je reremplis ma valise. Je la revide. Rien de passionnant. J'allume la télé et j'essaie de comprendre le plus clairement possible la langue de Shakespeare, mais ça reste une vaste bouillie de laquelle je parviens seulement à extirper quelques mots ou quelques bribes de phrases. Assez quand même pour comprendre que le ritournelles anglaises sont à peu près les mêmes que les ritournelles françaises : guerres du côté du Proche-Orient et de l'Afrique, attentats islamistes et anti-islamistes, météo, football, ministres corrompus. Et un truc que je ne saisis pas complètement : en Amérique du Sud une maladie mystérieuse aurait tué plusieurs dizaines de personnes dans la même ville, au Pérou.

Je me rendors.

Le soir je vais boire un verre et écouter un groupe avec violon et cornemuse dans un pub un peu plus *old school* que celui de la veille.

Le lendemain je fais le marché et les boutiques, absent. Je n'achète rien, personne ne m'emmerde, j'ai l'impression d'être transparent. Peut-être la grisaille qui plombe le ciel en est-elle responsable. Peut-être me suis-je transformé en ectoplasme sans m'en apercevoir.

Il est temps de retrouver Zenobia. Ou Karen, je vous l'ai déjà dit, appelez-là comme vous voulez.

18.

Je me rends à la boutique « The Desert » à l'heure dite mais j'y trouve porte close. Je toque. Rien. Je toque un peu plus fort, agite la poignée de la porte, regarde par la vitre les mains au-dessus des yeux comme on fait pour éviter les reflets. Rien, pas de lumière, pas un bruit. Pas un chat. Bon, encore une arnaqueuse peut-être ? Ou une frimeuse qui te vend du rêve et disparaît au moment où il faut fournir la marchandise. J'ai l'impression d'être le client abusé d'un deal de drogue foireux. Je peste, en silence. Et j'attends.

Je compte les double-deckers rouges qui passent au coin de la rue. J'en suis au douzième quand mon téléphone vibre. Un message :

212, Baker Street. 17h.
Z.

Bien, ça fait un peu film d'espionnage à la con, mais on avance. En plus, Baker Street, la rue de Sherlock Holmes, la nana se prend pour une espionne ou un grand détective. Que Conan Doyle avait fait habiter de l'autre côté de la rue, au 221 si ma mémoire est bonne. *Anyway*, comme disent les British, grand bien lui fasse, à Zenobia, qu'elle se prenne pour ce qu'elle veut, peu m'importe tant qu'elle a ce que, moi, je veux. D'autant plus que j'ai largement le temps d'aller au rendez-vous. Tout baigne.

19.

J'ai préparé une petite liasse de billets, que j'ai répartis dans mon portefeuille et dans différentes poches de mes fringues. On n'a pas parlé tarifs, j'imagine qu'elle va pas accepter que je paye par carte, je me dis que je suis paré. Je viens d'arriver au 212, Baker Street. C'est presque au bout de la rue, à deux pas de Regent's Park. C'est une boutique Baskin-Robbins, la chaîne de marchands de glace. Pourquoi pas. Je rentre.

D'abord je ne la vois pas. Puis je saisis le regard d'une jeune femme brune une fond de la salle. Elle s'est habillé en « civil ». Sa coupe au carré brune n'est plus assortie de mèches rouges. En jean banal et baskets standard, elle est couverte d'une doudoune et on ne distingue strictement aucun de ses tatouages. C'est bien elle pourtant. Si j'avais le moindre doute ils s'évaporent quand elle prend la parole, une fois que je me suis assis en face d'elle.

— Alors, petit homme ? me dit-elle, tu veux toujours zigouiller le monde entier ?

Elle a bien dit « zigouiller », en insistant sur le z. Elle doit aimer les z. *Zenobia*, *Zigouiller*. Peut-être qu'elle se prend pour *Zorro* ? Ça me fait sourire. Etrangement, je me sens un peu moins perdu face à elle. D'autant que son ami Moustache-le-Costaud n'est pas dans les parages. C'est un peu comme si on était à armes égales maintenant.

Une serveuse s'approche, en tenue officielle de la boutique. Zenobia commande deux glaces, une pour elle, une pour moi, sans me demander mon avis. C'est comme elle veut, je n'y accorde aucune importance. Je suis en attente. D'ailleurs, je le lui fais remarquer :

– Alors ?
– Alors, quoi ?
– Mon poison ?
– Tu es bien pressé, petit Kevin. Je l'ai, ne t'en fais pas. Mais d'abord, tu devrais raconter à Maman ce que tu veux en faire, non ?

Cette fille est folle. Elle se prend pour ma mère maintenant. Cela dit, depuis le début, elle m'appelle « mon petit » ou « petit homme ». Je ne sais pas quel genre de complexe elle a développé, mais elle n'est sûrement pas sorcière. Frappadingue oui, sûrement, excentrique, dangereuse peut-être ? Y'a des chances, vu le genre de commerce qu'elle a développé. Je me mets à lui parler tarifs, il va bien falloir qu'on y arrive si je veux que la transaction se fasse. On tombe d'accord, à grands renforts de « petit Kevin », de « mon petit » et de « petit homme ». Pour elle je ne suis définitivement qu'un petit ; si ça se trouve elle a besoin d'être rassurée quand elle fait affaires avec quelqu'un et traiter son interlocuteur de « petit », elle doit penser que ça l'installe en position de force. Elle pense ce qu'elle veut, je vous l'ai dit je n'y accorde aucune importance. Comme prévu, ça va me coûter un bras, mais je suis un garçon prévoyant, j'ai ce qu'il faut sur moi et même davantage. La question du prix réglée, reste à être sûr qu'elle ne me fourgue pas une poudre de perlimpinpin sans danger. Je le lui fais remarquer.

— Tu n'a pas confiance en moi, Kevin ?

Ah, tiens, je ne suis plus « petit » Kevin. Dans ce cas, elle va redevenir Karen…

— En effet Karen, j'ai besoin d'une preuve.

— OK, tu veux qu'on liquide qui ? La jolie serveuse ?

— Non, bien sûr que non.

— Tu es certain ?

Elle commence à retirer sa main de sa poche comme si elle allait en sortir un objet ou une arme. De fait, elle en fort un flacon insignifiant, tout en me regardant dans les yeux.

— Facile, j'ai ce qu'il faut, me dit-elle.

— Non, on est à côté de Regent's Park… Il y a plein de canards là-bas. Et des cygnes aussi.

— Tu n'aimes pas les animaux Kevin ?

— Je m'en tape des animaux. Ce que je veux savoir, c'est si ton truc marche. Alors on va à Regent's Park et tu me fais une démonstration. OK Zenobia ?

Et là, c'est moi qui insiste bien sur le Z.

Karen-Zenobia se renfrogne mais elle acquiesce. Et nous voilà en route pour Regent's Park. A dire vrai, une fois qu'on a jeté un œil au musée Sherlock Holmes, de l'autre côté de Baker Street, il n'a y a que Park Road à traverser. On est à cent mètres de « Madame Tussauds », le musée de cire, décidément son lieu de rendez-vous cumule les poncifs à la frontière du fantastique. Elle sait soigner sa mise en scène.

Dix minutes plus tard et un cygne ayant cessé de vivre après avoir ingéré deux milligrammes de la poudre qu'elle détenait dans le flacon, je suis convaincu que Karen m'a vendu de la bonne marchandise. Un concentré à base de champignons vénéneux, m'a-t-elle expliqué, elle n'a pas une idée très précise des doses mais d'après elle il y en a assez dans le flacon pour dégommer un bataillon de tirailleurs. Amen. Karen me quitte en traversant le petit pont piéton qui mène vers l'intérieur du parc. Je prends la direction opposée. Je n'ai plus qu'à filer. Bye-bye London, bye-bye Karen, Zenobia, Devonia, Greg.

Ma bagnole est garée dans un parking privé sur Marylebone. J'ai mis ma valise dans le coffre. Dans deux heures j'aurai quitté Londres.

DEUXIEME PARTIE : PENDANT

20.

J'ai le projet et comment le réaliser. J'ai du temps pour le peaufiner. C'est étrange comme cela peut suffire. Je n'ai plus envie de rien. Altenberg me semble loin, un peu comme dans un rêve, dans une bulle, dans une vie parallèle. Est-ce que je vais aller jusqu'au bout de cette histoire ? Je me pose la question. Je lis, je dors, je ne pense pas. Je suis allé au vernissage d'une expo que des Marseillais ont cru bon de faire avec des photos de ruines urbaines que j'avais faites quelques années plus tôt. Ils appellent ça « urbex », c'est un genre d'images qui fait flores en ce moment. Si ça les amuse. Le plus invraisemblable c'est qu'ils ont mis mes photos en vente au tarif lourd et que tout est parti. Presque tout. J'engrange sans trop comprendre. Il neige maintenant sur les Cévennes. Je ne suis pas descendu m'installer sous le platane aujourd'hui. Il fait beaucoup trop froid et sans son feuillage il me donne le spleen. Pas vraiment besoin de lui pour l'avoir, remarquez, les choses ne vont pas mieux ces temps-ci sur la planète. Le Royaume-Uni a quitté l'Union européenne juste après que j'ai quitté Londres et ça ne devrait pas réellement m'affecter, mais les gouvernements en ont profité pour se lancer dans une nouvelle guerre commerciale dévastatrice pour les travailleurs, d'un côté comme de l'autre de la Manche.

En Amérique du Sud, la grippe péruvienne s'est étendue, elle aurait fait des centaines de morts sur le sous-continent, on l'aurait repérée plus au nord et de nouveaux cas se seraient déclarés en Australie. Sans vous parler du fait que des dizaines de migrants se font *zigouiller*, comme dirait Zenobia, parce qu'ils tentent de passer les frontières dans des camions frigorifiques, dans les soutes de bateaux vraquiers, sous des trains, sous des avions. Les polices européennes sont de plus en plus dures. Les policiers britanniques ne sont pas en reste. Ça joue de la matraque et du taser, parfois du flingue, sans trop d'états d'âme. Comme chantait Brel (décidément, il va devenir ma référence principale, le Belge, si ça continue) « *Les hommes s'amusent comme des fous au dangereux jeu de la guerre* ». La liberté est battue en brèche de toutes parts. J'essaye de conserver la mienne, même si elle va m'amener moi aussi à appuyer sur la détente à ma manière. Etre libre, c'est savoir qui on est et pourquoi on fait ce qu'on fait. Ce n'est pas toujours être d'accord avec soi-même, mais essayer de s'en rapprocher. Et de corriger. Corriger le tir, évidemment. Je m'y prépare. Ou pas. Au bout du compte, allez savoir de quoi demain sera fait ?

21.

J'en ai marre, j'en ai ma claque, de tous les discours haineux, de tous les racismes, de tous les diktats, de toutes les doxas. Je sais que c'est un paradoxe, puisque j'ai moi aussi ma vérité et que j'ai l'intention de la mettre en pratique. Que ma vérité elle aussi est faite de violence et de mort. Mais je n'accepte de jouer aucun jeu, je ne reconnais aucune règle. Cela ne fait pas de moi une bête, simplement un homme. Libre. C'est ce que je me dis. Que j'essaye de me dire. J'ai évité de lire les philosophes. Ils ont trop de réponses à nos questions et nous enferment dans l'acceptation. Les philosophes peuvent être le « bras penseur » de l'oppression comme la police peut en être le bras armé. La tête et les jambes. Entre les deux l'enfoiré qui met les autres à genoux.

Le mois d'avril approche. J'ai échangé par mail avec Gérald Langivy-Sallaberry, *G1@gls.com*, le directeur du « Siksun Resort », là-bas, sur l'île enchanteresse de Koh Lanta. *G1@gls.com*… pas de doute, le mec se prend au sérieux et se positionne d'autorité au sommet, ça me ferait rire se ça me faisait pas pleurer. Peu importe, il m'a confirmé qu'il comptait sur moi pour être là pendant la réunion Altenberg, mon bungalow – avec chambre noire pour tirer les photos – est réservé, je suis bien sûr son invité, billets d'avion compris, il s'occupe de tout. Je n'ai plus qu'à me laisser porter.

J'ai posé le flacon de Zenobia en évidence au-dessus du frigo. Je ne sais pas si son « principe actif » va se conserver jusqu'à la date fatidique de son utilisation. Je n'ai pas voulu d'ici là faire de test, ni sur des hommes si sur des animaux. La seule option, qui me traverse l'esprit à peu près tous les soirs, c'est d'en verser quelques pincées dans mon godet de whisky, celui que je prends avant d'aller me coucher, avec le secret espoir que je ne me réveillerai jamais plus. La tentation est un peu plus grande chaque fois, mais, je ne sais pas pourquoi, j'y résiste jour après jour.

22.

Me revoilà dans l'avion. Passeport dans la poche intérieure de ma veste, carte bleue dans un porte-cartes dans l'autre poche, avec un peu d'argent liquide au cas où. Des dollars, parce que ça continue à marcher, partout, en tous pays, et des bahts, la monnaie thaïlandaise. A l'heure où je vous parle, il faut trente bahts pour faire un dollar, ça vous donne une idée du niveau de vie des Thaïs. Avec mes cent mille bahts, je suis à peu près paré pour toute éventualité. De toutes façons, Aldo Steiner doit venir me récupérer à l'aéroport de Bangkok, pour qu'on aille acheter tout le matos nécessaire à ma mission : cuves et bains de révélateur et de fixateur, pellicules, papier photo, pinces, etc, puisque je dois travailler *old school*. Tout ça n'est pas évident à trouver de nos jours, mais il paraît, m'ont expliqué mes honorables correspondants, qu'il y a encore à Bangkok des photographes qui travaillent en argentique. Steiner me servira de guide pour aller dénicher les boutiques dans les ruelles de la mégapole.

Je suis plus inquiet pour le flacon acheté à Zenobia. Pour éviter qu'il soit trop évident, qu'il ne ressemble trop à un flacon de poudre, et l'on imagine bien ce que des douaniers pourraient se mettre en tête en découvrant un flacon de poudre, j'ai réparti son contenu de plusieurs manières : dans une mini-pochette en papier planquée à l'intérieur d'une chaussette neuve bien pliée avec sa sœur jumelle entre deux autres paires de chaussettes ; mais aussi dans un disque dur externe d'ordinateur en partie évidé et lui-même enfermé dans une coque de protection, comme le serait un vrai disque dur externe. Tout ça dans ma valise en soute. Et enfin tout simplement dans la poche intérieure droite de ma veste, dans le porte-cartes dont je vous parlais tout à l'heure, dans une enveloppe pliée en quatre à l'adresse de la Trésorerie principale d'Alès, qui contient également un chèque de 412,36 euros à l'ordre du Trésor public, que j'ai d'ailleurs bel et bien l'intention de poster, sans doute dans une autre enveloppe qui ne contiendra pas des résidus de poudre mortelle. Jusqu'ici tout va bien, comme disait le gars qui tombe du vingtième étage en passant devant les fenêtres du sixième. Je n'ai pas envie, mais vraiment pas envie, d'aller croupir dans une prison thaïe. Je doute qu'elles soient très accueillantes. Et même si ce n'est pas de la « vraie » drogue que je transporte, je ne crois pas que les flics thaïlandais, s'ils tombent dessus, apprécient les qualités de mon produit. A moins que je ne le leur fasse goûter avant qu'ils ne m'embastillent.

* * *

Nous avons décollé de Roissy Charles-de-Gaulle voilà une dizaine d'heures, plus qu'une ou deux encore avant d'atterrir. J'ai pris le parti de dormir au commencement du voyage mais cela fait un moment que je bous. Depuis quarante minutes, je visionne un film, un *action-movie* américain dans lequel des soldats de fortune partent à l'assaut de méchants russes qui auraient séquestré un ambassadeur et sa famille dans un état du Caucase au nom évidemment inventé, Arkhazia. Ce qui doit aussi être le titre du film. Vous voyez le genre ? Je ne sais pas qui est le gros bras qui s'y colle, qui interprète le chef du commando libérateur, je ne crois pas l'avoir jamais vu ; les costauds du cinéma américain sont plutôt du genre interchangeable, on est loin de l'époque des Eastwood et des Stallone… Les *goodies* du serveur informatique de bord me disent que le gars s'appelle Mark Stanford, plus passe-partout tu meurs.

    Un œil sur l'écran encastré dans le siège du passager devant moi et l'autre œil sur les nuages, puisque j'ai obtenu une place près du hublot, mon esprit s'efforce de se faire la malle. De ne pas penser à la douane. Et surtout de ne pas penser à la mission que je me suis donnée. Aux actes que j'ai l'intention de commettre. Je n'ai pas l'habitude d'être un meurtrier, si la poudre de Zénobie fonctionne, ce sera mes premiers morts. Que dira ma conscience ? Tuer des salopards, ça reste tuer. Ça reste aussi tuer des pères, des mères, des maris et des épouses. Donc cela fait aussi de moi un salopard, qui vais priver des innocents de la seule famille qu'ils possèdent. A ce qu'il paraît, on ne fait pas d'omelette sans casser des œufs, mais celle-ci aura un goût amer pour moi, à coup sûr. Evidemment j'ai encore le temps de me rétracter, de prendre des photos, toucher un bon gros paquet de dollars, me faire des amis dans les plus hautes sphères de la gent humaine, et rentrer tranquillement à la maison après avoir passé quelques jours dans un coin idyllique. J'aime bien la version allemande de ce mot, *idyllisch*, ce qui me fait penser que parmi mes victimes potentielles se trouve la nouvelle chancelière allemande, une jeune femme d'à peine quarante ans qui a fait toute la com' pour son accession au pouvoir sur ses qualités de bonne maman, lesquelles, assorties à ses références politiques et de gestion, sont censées faire d'elle la nouvelle héroïne d'une Europe en reconstruction. Il n'y a peut-être pas que des enfoirés et des enfoirées à Altenberg ? L'idée m'inquiète et me fait douter. Et si j'étais en train de me tromper de cible ? Non, je ne dois pas m'arrêter aux personnes, la société de consommation telle qu'elle fonctionne désormais ce n'est plus une société de consommation, c'est un braquage. Et j'ai décidé de stopper les braqueurs. Et tant pis si leur vernis est bien patiné et joliment peint. Hypocrisie et mensonge.

23.

Aldo Steiner parle et parle et parle et je ne l'écoute pas vraiment. Nous avons fait tous les quartiers de Bangkok ou presque, Pathum Wan, ses tours et son fameux MBK Center hypermoderne, Patpong et ses boutiques pour touristes, le River City Complexe de Yaowarat. On a finalement trouvé notre bonheur à Sukhumvit, dans une vieille échoppe qui regorgeait de matériel ayant échappé à l'informatisation de la photographie. Une adresse à noter pour moi, car l'envie de reprendre la photo « à l'ancienne » commençait à grandir depuis que Steiner et Langivy m'avait fait cette proposition insensée d'être le photographe d'Altenberg. Si je remplissais ma mission il n'y aurait peut-être pas d'autre Altenberg, mais après tout cela ne voudrait pas dire que je ne ferais plus de photo.

J'étais tout sourire en sortant de la boutique, des sacs débordant à ras bord de stocks de papier, pelloches et autres produits chimiques presque antiques… Mais où était passé Steiner ? A force de ne plus l'écouter je ne faisais plus attention à lui.

– Steiner ?

Je retournai dans la boutique. Steiner était absorbé dans l'observation et l'écoute d'un poste de télévision.

– Steiner ? Qu'est-ce qu'il y a ? Qu'est-ce qui se passe ?

Le poste diffusait visiblement une émission d'actualité, ou d'actualité en continu, mais en thaïlandais ce qui n'est pas je vous l'avoue la langue que je comprends le mieux. Steiner, lui, avait l'air de suivre avec intérêt ce que disait le présentateur.

– Vous avez entendu parler de la grippe péruvienne ?

Qu'est-ce qu'il me racontait ? La grippe péruvienne ? Il me fallut un petit effort de mémoire pour me souvenir qu'en effet j'avais vu passer un truc comme ça aux actus quelques jours plus tôt. Je grognai un oui mal formulé.

– Ils en sont à plusieurs centaines de décès au Pérou et au Chili, c'est passé au Brésil et ça vient d'arriver en Australie et en Asie par la Malaisie. Les Thaïs expliquent que les moines vont prier pour la protection du royaume, mais comme ils sont à cheval entre la culture ancestrale et la modernité, ils demandent aussi aux gens de prendre des précautions avec les personnes qui arrivent de Malaisie et d'Amérique du Sud, ils envisagent de fermer les frontières aux ressortissants de ces pays. La Malaisie fait un foin et les traite de racistes et d'anti-islamiques.

– On s'en fout, non, des problèmes entre la Malaisie et la Thaïlande, ils font pas nous faire une guerre, surtout au moment où tous les puissants de la terre vont se retrouver ici. Ils sont au courant les Malais ?

Steiner avait l'air étrangement inquiet.

– Ça commence comme ça mais on sait pas comment ça finit. Vous vous rappelez du H1N1 en 2010 ? Vingt mille morts officiellement, mais je peux vous dire qu'il y en a eu bien plus que ça. J'étais en poste en Chine à l'époque, à Shanghai. Les autorités bien sûr, elles ont dit ce que disent les autorités, que tout est maîtrisé, que la population ne risque rien, ce genre de…, de… comment vous dites en français ?

– Conneries ?

– Oui, ce genre de conneries. Vingt mille morts, tu parles, rien qu'à Shanghai il y en a eu plusieurs milliers, et le truc est arrivé en Chine par l'Australie, en avion. Alors, leur grippe péruvienne, là, oui, excusez-moi, on s'en fout pas. Justement parce qu'on a du monde à protéger. Il s'agirait pas qu'il leur arrive malheur, à nos invités de marque !

Steiner prit un de mes sacs et alla se camper au milieu de la rue pour arrêter un taxi. Il ne vit pas le petit sourire que je n'avais pas pu réfréner en me disant que si on suivait son raisonnement jusqu'au bout je n'aurais même pas besoin de les empoisonner, mes gaillards, la nature se chargerait elle-même de les pulvériser, et nous avec.

Mais bon, on n'en était pas encore là et il était temps pour moi de mettre sur pied mon plan d'action. On était le 14 avril, la réunion devait avoir lieu les 20 et 21. Je m'engouffrai à sa suite dans la Toyota Corolla jaune et verte qui venait de s'arrêter à sa hauteur.

24.

Il serait peut-être temps que je vous dresse la liste des « invités » de Jacou de Teyran de Montpellier, monsieur Altenberg. Durant les préparatifs de la réunion, plusieurs de ses sbires sont arrivés au « Siksun Resort » quelques jours en avance pour mettre sur pied la manifestation. Les inquiétudes d'Aldo Steiner à propos de la grippe péruvienne ont été prises en compte, un staff médical a été embauché au dernier moment, une équipe de médecins et d'infirmières suisses qui a aussi débarqué sur Koh Lanta mais qui devra être logée dans un autre hôtel, faute de place dans celui-ci. Les gens d'Altenberg ne sont pas réellement inquiets, l'île est suffisamment isolée pour les rassurer, mais ils veulent prendre toutes les précautions envisageables, leurs « clients » ne sont pas le tout-venant du touriste-congés payés.

On nous a donc fourni une liste, ma mission officielle a été avalisée, je serai chargé en fin de réunion de donner à chaque participant un set d'une dizaine de tirages papier, en noir et blanc, qui seront en quelque sorte leurs photos de vacances. Les réunions de travail me seront interdites mais je pourrai officier lors des repas, ou des promenades sur la plage, dûment escorté par des membres de la sécurité de tel ou tel chef d'Etat ou d'entreprise. Ça s'annonce serré pour ce qui est de mener à bien mon autre mission, l'officieuse, mais j'ai quelques cartes dans ma manche dont je vous parlerai après. Pour l'instant, la liste :

Ils seront précisément 72, plus 44 conjoints et conjointes, 5 rejetons, ainsi que 321 gardes du corps et autres chefs de cabinet, le *vulgum pecus* qui seront, eux, sauf exception, logés avec les médecins dans un autre hôtel de l'île, voire deux ou trois autres hôtels de l'île.

Le plus important de tous les participants est sans conteste le président américain en exercice, *himself*, une personnalité que l'on n'a pas l'habitude de voir dans le cadre d'Altenberg. L'actuel n'est autre que l'ancien comédien Clint Eastwood, 92 ans, républicain, qui, à mi-mandat, se porte comme un charme. Dommage, je l'ai toujours bien aimé Clint Eastwood, mais à la guerre comme à la guerre. Deux ou trois ministres états-uniens seront également présents ainsi que les patrons de Facebook, Google, TikTok et General Motors. Si le roi de Thaïlande n'est pas annoncé, le premier ministre du pays bien sûr fera partie des invités d'honneur, tout comme son homologue japonais, l'indestructible Shinzo Abe. Le Premier ministre turc, lui, Recep Tayyip Erdogan, a été assassiné en janvier, il ne sera donc pas là et les nouveaux patrons de la Turquie, islamistes affirmés, n'ont pas été invités. La Turquie sera d'ailleurs un des sujets inscrits au menu des participants : comment la contraindre à quitter l'Otan et surtout à ne pas avoir la possibilité d'user des bases militaires de ladite Otan, qui n'est pas encore prête à se livrer corps et

25.

J'écoute les infos – en français – sur mon téléphone (merci Internet qui autorise ce genre de miracle à distance) tout en préparant mes bains de fixateur et de révélateur dans ma chambre noire. Altenberg doit débuter après-demain mais en attendant je compte bien faire des photos du petit peuple de l'hôtel et en profiter pour approfondir mes liens avec les cuisines, car c'est là que je devrai agir lors du dernier repas de tous ces braves gens qui nous gouvernent. Je sifflote, je suis dans un noir irréel, seulement éclairé par une ampoule rouge, à l'autre bout du monde, et je m'apprête à entrer dans l'histoire. Ou du moins à lui donner un coup de pouce, à l'histoire. Je n'en suis que plus attentif aux bruissements du monde.

C'est pourquoi j'arrête de siffloter, et je suspends mes gestes, lorsque la journaliste décrit la situation à Paris : en marge de la énième journée de manifestation des Gilets Jaunes, un commando issu de leurs rangs vient de pénétrer dans l'Elysée, armes à la main. Ça tire dans tous les sens dans la cour du palais présidentiel, il y a déjà plusieurs morts parmi les assaillants, la présidente serait sur le point d'être exfiltrée en hélicoptère depuis les jardins du Palais. La journaliste a du mal à contenir son excitation, ou sa peur, elle hurle ses infos et soudain plus rien. Sa voix se tait. Mais ce n'est pas le silence, on entend des tirs en rafale puis une voix masculine : « *Le commando Grandeur de l'Islam de France, Eizmat 'Tislam Faransa, vient de s'emparer de l'antenne de franceinfo, nos vaillants partenaires de la Cellule Gilets Jaunes Yves Bodénez sont entrés dans l'Elysée, la présidente est en fuite, nos camarades s'apprêtent à prendre le pouvoir dans ce pays abandonné par ses élites. L'armée ne bougera pas, elle est entre nos mains. Voici le Premier Communiqué de la Ligue de Renaissance de la France : Nous, peuple de France, déclarons à compter de ce jour l'égalité des salaires et la charia dans tout le pays. Tous les opposants seront éliminés. Allez en paix.* »

De nouvelles rafales d'armes automatiques se font entendre. Une voix agonisante tente de reprendre le micro, rapidement remplacée par une nouvelle voix, féminine : « *Ici la commandante Arrighi, 102ᵉ Brigade d'Action rapide de Saint-Germain-en-Laye, nous avons délogé le commando islamiste, l'Elysée et Matignon sont sous contrôle, la radio nationale où nous nous trouvons va poursuivre normalement ses programmes dès que les journalistes et techniciens qui viennent d'être tués pourront être remplacés* ». Une autre voix, un homme, « Excusez-moi, commandante, j'ai une info importante à donner ».

Je suis scotché à ce que j'entends. Dans le faible halo rouge je vois mes mains trembler. Mais qu'est-ce qu'il se passe ? La France aux mains de terroristes ? De l'Armée ? Y-a-t-il seulement encore une France ? Et tout à coup la voix presque timide d'un autre journaliste poursuit le scénario catastrophe : « *L'épidémie de grippe péruvienne a pris une ampleur inquiétante en Amérique du Sud, où l'on dénombre désormais plus de mille morts au Pérou, autant au Chili et au Brésil, l'épidémie est arrivée en Europe, une dizaine de cas ont été constatés au Royaume-Uni, les dix personnes sont décédées dans la journée, le Royal Liverpool Hospital où cela s'est passé a été immédiatement mis en quarantaine, les autorités se disent extrêmement attentives à la situation* ».

26.

Port-Blair, capitale du district indien des îles Andaman et Nicobar, au centre de la mer d'Andaman, à près de 2000 kilomètres de la côte est de la péninsule indienne et à 1000 kilomètres de la côte ouest de la Thaïlande. 6 h du matin.

Les maisons sont en train de se fracturer les unes après les autres, s'effondrant sur les quelques dizaines de milliers d'habitants de la ville, en train de dormir ou à peine levés. Le Centre national indien pour les Services d'informations sur l'océan, situé à Hyderabad, a décelé une activité « exceptionnelle » de la plaque tectonique indo-australienne et aussitôt lancé un bulletin d'alerte. La possibilité d'un tsunami est très sérieusement envisagée par les chercheurs qui sauront très vite si leur crainte se confirme.

27.

Centrale nucléaire indienne de Kalpakkam, dans l'Etat du Tamil Nadu, au bord de la mer d'Andaman. 9h12.

Drinal Sarkar a le regard vissé à ses jumelles, elle n'en croit pas ses yeux. La sous-directrice de la centrale nucléaire a été avertie de l'arrivée du tsunami sur son rivage il y a à peine une demi-heure. Toutes les mesures possibles de confinement, des hommes et du réacteur, ont été prises, en urgence, mais Drinal Sarkar est tétanisée, elle ne peut pas quitter des yeux la vague de plusieurs dizaines de mètres de haut qui est en train de s'approcher, qui a ralenti et a diminué en approchant la côte, se fracturant sur le plateau continental, mais qui poursuit une route inexorable et fatale pour des dizaines de milliers d'habitants et peut-être pour « sa » centrale. Autour d'elle l'agitation est à son comble, dehors tout ce qui peut bouger bouge et s'éloigne vers l'intérieur des terres.

28.

Est de la mer d'Andaman, 9h28. Le tsunami est parti dans les deux sens, à l'ouest vers la côte indienne, à l'est vers la côte thaïlandaise, droit sur les Phi-Phi Islands et sur Koh Lanta, qu'elle devrait atteindre entre 10 h et 11 h. Deux avions de chasse de l'armée thaïe, escortés de loin par un Awacs américain, survolent la zone.

* * *

Hier soir, j'ai fait des photos, plein de photos, du président Eastwood, de la chancelière allemande, du roi de Thaïlande qui est finalement venu, et des autres, de tous les autres. La délégation française est absente, elle a fait demi-tour en chemin pour rejoindre Paris où la situation est semble-t-il loin d'être sous contrôle. Aux dernières nouvelles, le pouvoir est de fait entre les mains d'un général, De Villiers, comme l'auteur des romans d'espionnage « SAS » des années soixante-dix. L'armée le suit comme un seul homme et la seule option de la présidence, selon les observateurs « bien informés », sera de le nommer Premier ministre. Mais, lui, ce ne sera pas pour inaugurer les chrysanthèmes… J'ai passé la nuit à développer et tirer mes images, j'ai dormi trois heures, je suis sur les genoux et autour de moi c'est branle-bas de combat. Un seul mot dans toutes les bouches, le même dans toutes les langues, au moins c'est pratique : « tsunami ». Je me suis réveillé en plein affolement général. Pour mon empoisonnement, c'est foutu, tout le monde est en ordre dispersé, le petit-déjeuner est à la va-vite quand il se fait, et il n'y aura pas de dernier repas, qui était prévu ce midi et pour lequel j'avais pris mes dispositions pour pouvoir passer en cuisine et verser le contenu de mon flacon de « Zenobia » dans le gigantesque récipient de cocktail au champagne qui devait servir de toast d'adieu à ces messieurs-dames. L'adieu est en train de prendre une autre tournure. Genre désordre hurlant, zizanie mesquine, ça tire à hue et à dia, ça se lamente, ça conspue, ça engueule, ça gère rien et ça part en sucette ; les participants d'Altenberg s'avèrent être tout aussi humains que votre belle-soeur et votre voisin du dessous. Tous sont en train de téléphoner à leurs états-majors, à leurs va-chercher, à leurs esclaves surpayés, pour qu'ils viennent les sortir de là. La vague doit arriver sur la côte d'ici une heure, deux maximum. Le ballet des hélicoptères est en train de commencer. Impossible de partir par la route, on est sur une île et les gars ne sont pas venus avec leurs véhicules. Sauf les Américains qui avaient prévu le coup, ou un coup, quelqu'il soit, et avaient envoyé à l'avance quelques dizaines d'homme et une bonne douzaine de gros SUV Chevrolet noirs, comme ceux qu'on voit dans les films. J'attends je ne sais quoi, sous l'auvent d'un des bars de plage de l'hôtel.

Que la vague arrive sans doute. Et qu'elle m'emporte avec eux. Tous ne vont pas avoir le temps de décaniller, ce que je n'aurai pas pu faire, Dame Nature va s'en charger, du moins en partie.

Lentement, je prends conscience d'une présence à côté de moi. Je me tourne, sur ma droite. Un grand échalas est en train de siroter un jus. De fruit apparemment. Il a l'œil clair et limpide et me regarde avec un petit sourire presque moqueur. Je vous fais grâce de la langue anglaise, et je vous livre l'échange direct en français :

– Alors, Mister Archambault, vous avez raté votre coup, on dirait, on ne vous a pas attendu pour quitter cette belle île. Pas d'empoisonnement, juste un tsunami…

Son sourire s'accentue. Clint Eastwood. Pas vraiment le président américain, plutôt le Clint de *Play Misty For Me*, ce bonhomme mystérieux mais prêt à tout, ou celui de *Gran Torino*, que rien ne saurait effrayer. Bien sûr, il a pris quelques décennies dans la vue, mais il reste droit et cynique. Plus solide qu'un roc malgré ses 92 ans. Et à la tête de la nation la plus puissante du monde.

– Vous savez, d'après les calculs de mes scientifiques, la grippe péruvienne devrait tuer entre deux et trois milliards de personnes. C'est pour ça que je suis venu à Altenberg cette année, pour finaliser cette question avec tous ces imbéciles. C'est une proposition que nous leurs avons faite l'an dernier, c'est une bonne solution pour la planète.

Il fait une pause, je suis incapable de répondre quoi que ce soit. Si bien qu'il poursuit, du même ton nasillard profond.

– Vous savez, rien ne va plus, nous sommes trop nombreux et nous produisons trop, bientôt il n'y aura plus assez de ressources pour continuer à produire, pour développer de nouveaux pays, pour nourrir tout le monde, alors il n'y avait que deux possibilités : la guerre ou une pandémie... J'en ai beaucoup parlé avec Vladimir Poutine, nous ne voulions pas la guerre, lui et moi nous sommes les mêmes, nous sommes des pragmatiques...

Je le regarde d'un air absolument sidéré. Je suppose que mes yeux ne sont que question, puisqu'il me répond.

– Vous vous demandez pourquoi je vous livre un secret de cette importance ? Pourquoi je vous confie l'information la plus explosive ? Parce que vous aussi, Kevin - je peux vous appeler Kevin ? - Vous êtes comme nous : vous avez décidé qu'il fallait faire quelque chose. Alors vous avez décidé de tuer tous les puissants. Je suis au courant, nous avons des rapports sur vous, rien ne nous échappe vous le savez bien. C'était un peu enfantin votre idée, c'était une solution très incertaine, même si elle ne manque pas de panache. Et bien entendu je ne vous aurais pas laissé faire. Mais puisque vous croyez que le tsunami va nous emporter, on peut bien avoir une petite discussion entre hommes.

– C'est du délire, Poutine et vous avez décidé comme ça, froidement, qu'il fallait faire mourir deux ou trois milliards d'êtres humains ?

— Vous voyez une autre solution ? Réfléchissez. Votre petit jeu, là, éliminer quelques chefs d'Etat et quelques chefs d'entreprise, c'est idiot, ça sert à rien, demain, il y en aura d'autres qui prendront notre place, qui n'attendent que ça.

Sa bouche se tord dans son célèbre rictus. Une grosse voiture noire avance sur la plage, dans notre direction. Eastwood reprend.

— Ça n'aurait servi à rien, strictement rien. Je vous félicite pour votre intention mais vous êtes aveuglé par votre rage. La haine ne sert à rien, Kevin, la haine ne sert à rien, il faut la dépasser.

— Et pour dépasser la haine, on organise le plus monstrueux des génocides qui n'ait jamais existé Clint ? – Je peux vous appeler Clint ? – On tue, mais gentiment, quoi….

– C'est un peu l'idée, oui…

Le gros Chevrolet noir a l'air en attente, on entend ronronner son moteur malgré le bruit de la mer. Clint sourit et pose sa main sur mon épaule :

— Bien, la vague, elle, n'était pas prévue, c'est un petit plus. Mais elle va arriver ici bientôt, ce serait idiot de rester là sans bouger. Il reste une place dans mon Chevy si ça vous dit. Mon chef d'état-major a étudié la topographie de Koh Lanta, si on passe de l'autre côté de cette montagne (il se tourne et lève le bras, comme s'il passait par-dessus l'hôtel et ses innombrables bungalows cachés dans la forêt), on ne risquera rien et on sera aux premières loges. Vous pourrez faire de sacrés photos… Mais évidemment, si vous racontez ce que je viens de vous dire vous passerez pour un fou….

APRES

30.

Quelque part ailleurs.

Je vous avais dit que je reviendrais, me voilà. Je suis John Archambault, le père de Kevin. Oui, on a des prénoms anglo-saxons dans la famille, c'est de père en fils. C'est à cause du cinéma. Mon père Douglas Archambault, Douglas à cause de Fairbanks, était fan de John Wayne. Kevin, je ne sais pas, pour sa mère c'était Kevin Costner, pour moi en fait c'était plutôt Kevin Keegan. Dans tous les cas, c'est Kevin Archambault, et à sa manière il a réussi son coup. Même s'il a été un peu léger, mon fils, dans cette affaire. Très sincèrement, je ne suis pas certain que la prénommée Karen ne l'ai pas emberlificoté avec sa poudre de perlimpinpin. Mais peu importe, puisqu'il n'en a pas eu besoin, au bout du compte. Ou plutôt, il n'a pas eu le temps de s'en servir. Je crois qu'il a évité une déconvenue, car une poudre qui tue un cygne ne tuera pas forcément un homme, non ? Il est allé un peu vite en besogne, il a voulu y croire, je ne peux pas le blâmer. De toute façon, il m'a fait honneur, l'artiste. Moi qui le prenais pour un indifférent, coupé des réalités, il s'est révélé plus courageux que moi, plus volontaire, moins pantouflard…

Sans parler de Clint Eastwood, « *je peux vous appeler Clint ?* », alors là il m'a eu, il m'a bluffé, il a su se hisser au niveau des meilleurs.

D'un autre côté, il a complètement foiré sa mission, il n'a tué personne, ni le président Eastwood, ni aucun autre, la déstabilisation qu'il voulait déclencher, elle n'est pas de son fait. Mais elle est là.

Et bien là.

Un peu trop même, peut-être.

La grippe péruvienne a fait des ravages, pas les milliards d'individus dont parlait Clint Eastwood, mais quand même. De quoi mettre à plat l'économie. Partout des entreprises sont tombées, ont disparu, ont fait faillite, partout les chômeurs se sont multipliés. L'explosion de la centrale nucléaire indienne de Kalpakkam a été une vraie catastrophe, bien pire que Tchernobyl et sans commune mesure avec Fukushima. L'Inde y a perdu un bon dixième de son territoire, devenu inexploitable pour plusieurs décennies ou peut-être plusieurs siècles. Et des millions d'habitants. La Thaïlande a été dévastée une nouvelle fois par le tsunami, qui a provoqué des centaines de milliers de morts aussi sur les côtes indiennes du Tamil Nadu. Dans la foulée de tous ces drames naturels et économiques, certains Etats n'ont pas eu d'autre échappatoire que la fuite en avant : dictatures, comme en France, mais dans bien d'autres pays aussi, en Europe et ailleurs, et guerres. Pas de guerre planétaire, l'accident de Kalpakkam a rappelé à quel point le nucléaire était dévastateur non seulement pour les hommes mais aussi pour les territoires. Aussi, ni les Américains, ni les Russes, pas plus que les Chinois, les

Indiens ou les Européens, n'ont osé aller jusqu'au bout et appuyer sur le bouton.

De toutes façons, si le but de la guerre était, comme l'expliquait le président Eastwood, de décimer assez de populations pour permettre à la Terre de redémarrer, comme un ordinateur qu'on rebooterait, pas de soucis, entre tsunami, catastrophe nucléaire et grippe péruvienne, finalement le compte y est. Deux ans d'horreur intégrale sur toute la planète, mais ça repart. Comme quoi, il n'avait pas tort. Et moi non plus. On n'a peut-être pas envisagé le problème avec le même prisme, sous le même angle, mais nos conclusions se rapprochent.

Kevin n'est pas mort, au fait, mais vous le savez, Eastwood l'a embarqué dans son SUV Chevrolet et ils ont regardé passer le tsunami, depuis l'autre versant le l'île de Koh Lanta. Kevin a fait des images exceptionnelles, qui ont fait le tour du monde, sa cote de photographe est encore montée d'un cran, il est riche et célèbre. A défaut de sauver le monde, ça lui fait un bon lot de consolation, faut avouer.

Clint Eastwood n'est plus président, briguer un deuxième mandat à 94 ans, il n'a quand même pas osé. Du coup Kevin l'a invité à venir faire un tour dans les Cévennes. Ils sont à la vie-à la mort depuis leur aventure à Koh Lanta, ils ont de grandes discussions philosophiques et ils se marrent comme des bossus. Puisque moi je ne suis plus là, c'est un peu comme s'il avait trouvé un nouveau père. Ils taquinent la truite ensemble et descendent le samedi au marché de La Grand-Combe acheter de la charcuterie et des fromages. Bien sûr cela ne durera pas, Clint retournera chez lui en Californie, ou bien il mourra sur place avant. Quand cela arrivera, ce sera à moi de faire connaissance avec lui, je suis presque aussi vieux que lui, si je peux dire, mais une fois dans la tombe l'âge ne compte plus... J'irai le chercher quand il arrivera, on parlera de Kevin et on refera le monde de là-haut. Et puis on fera une partie de « Cry Bastion », vous savez ce jeu de comptoir qui n'existe pas, que Eastwood a inventé pour le film *Play Misty For Me*.

J'ai toujours rêvé de faire une partie de « Cry Bastion » avec Clint Eastwood...

Dans la même collection

2016
La porte des dragons - Patrick Coolumb
#TCDJ, Le Titre Con Du Jour - collectif TCDJ
L'illusion du belvédère - Patrick Coulomb
2018
Docteur Miam - Patrick Coulomb
2019
Une collection de monstres – Patrick Coulomb
Le feu au royaume – Sébastien Doubinsky
Star – Sébastien Doubinsky
Orenœn (*La porte des dragons*, vol. 2) – Patrick Coulomb
Que vienne le temps des dragons (*La porte des dragons, vol. 1 & 2*) – Patrick Coulomb

Dans la Melmac Collection
aux éditions Gaussen

2017
Plan de Campagne, Stéphane Sarpaux
On l'appelle Marseille, Patrick Coulomb
La liste d'attente, Robert P. Vigouroux
2018
Marseille, an 3013 (collectif)
2019
Il était une fois… dans la bibliothèque (collectif)

Du même auteur
Dans d'autres collections

Romans et essais
Pourriture Beach, (pseudonyme de Patrick Blaise), L'écailler du Sud, 2000
L'illusion du belvédère, L'écailler du Sud, 2003
Voir Phocée et mourir, (pseudonyme Patrick Blaise), L'écailler du Sud, 2005
L'inventeur de villes, éd. Gaussen, 2013
#TCDJ - Le Titre Con Du Jour, éditions Ensemble, 2015
Marseille - éboueur un jour, enquêteur toujours (réédition de l'intégrale du personnage Biagio Cataldese), 1961digitaledition, 2015
La résistible ascension de Marcello Ruffian, Horsain, 2015
On l'appelle Marseille, éd. Gaussen 2017
Les Marseillais (co-auteur avec François Thomazeau), Ateliers Henry Dougier, collection « Lignes de vie d'un peuple », 2018

Nouvelles, dont
Pollo alla diavola, in *13, passage Gachimpega* (Les Editions du Ricochet, 1998)
Florida Fiesta, in *La Fiesta dessoude* (L'écailler du Sud, 2001)

Supporter solitaire (pseudonyme de Cyril Marasque), in *Onze fois l'OM, le tacle et la plume* (L'écailler du Sud, 2004)

Immigration fatale, in *De mer, de pierre, de fer et de chair, histoires du port autonome de Marseille* (Cheminements, 2006)

Priez pour nous Humphrey Bogie (in Le Zaporogue #13, 2012)

Le mortel géographe, in Nouvelles des 4 jeudis #9 (1961digitaledition, 2013)

Le silence est ton meilleur ami, in *Marseille Noir* (éditions Asphalte, 2014)

Illustration de couverture, création graphique et maquette
© The Coolpop Agency

The Melmac Cat vient d'une autre planète.
Ses collections sont ouvertes aux récits de fiction
et de genre, aux chroniques et à la poésie urbaine.
Et au reste, bien sûr.
-
Sous la voûte céleste, ou autre.

MERCI
THANKS
GRAZIE
GRACIAS
OBRIGADO
SPASIBA
DANKE
TAK
TODA
CHENORHAGALOUTIOUN
CHOUKRAN
JERE JEF
ASANTE
XIEXIE
NAMASTE
ARIGATO